一个
后英雄时代的
真诗人

林大中 /评　　邹　进 /诗

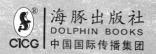

海豚出版社
DOLPHIN BOOKS
中国国际传播集团

图书在版编目（CIP）数据

一个后英雄时代的真诗人 / 林大中评 ; 邹进诗.

北京 : 海豚出版社, 2025. 1. -- ISBN 978-7-5110

-7182-8

Ⅰ. I207.22

中国国家版本馆CIP数据核字第2025TV7579号

一个后英雄时代的真诗人

林大中　评　邹　进　诗

出 版 人　王　磊

责任编辑　肖惠蕾　王　婵
责任印制　于浩杰　蔡　丽
法律顾问　中咨律师事务所　殷斌律师
出　　版　海豚出版社
地　　址　北京市西城区百万庄大街24号
邮　　编　100037
电　　话　010-68325006（销售）010-68996147（总编室）
传　　真　010-68996147
印　　刷　三河市冠宏印刷装订有限公司
经　　销　全国新华书店及各大网络书店
开　　本　1/32（880mm×1230mm）
印　　张　6
字　　数　120 千
印　　数　3000
版　　次　2025 年 1 月第 1 版　2025 年 1 月第 1 次印刷
标准书号　ISBN 978-7-5110-7182-8
定　　价　69.00 元

目录

楔子

第一章

II

楔子

他不寻找诗

一

邹进在吉林大学校园写诗的时候，正是北岛和多多他们的年代。

北岛是"时代的诗人"。

多多是"诗的诗人"。

邹进则只是"诗人"。

二

触、作意、受、想、思，"五遍行"，佛学唯识学的一组概念，佛家称为"名相"。是描述人的思维过程的。

在不同的佛学典籍里，还有另一个版本：作意、触、受、想、思。区别在"触"和"作意"

的先后次序。

是"触"而后"作意"，还是"作意"而后有"触"。

但看谁为主导。

三

北岛"作意"于时代。

多多"作意"于诗。

邹进则是被"触"后，才会"作意"。

只是写诗

一

生活"触"了过来，而后有"诗"，不得不有而有。

二

77 级毕业 35 年班庆，能不有诗吗。

三个"顽"朋穿行鄂尔多斯，从手机传来讯息，能不有诗吗。

亲爱的老头儿牛汉走了，能不有诗吗。

一辈子的小学老师走了，能不有诗吗。

三

厄运降临，能不写《厄运颂》吗。

四

比邂逅还要微小的擦肩而过的一点感觉触动了你，由是有诗。

由片断的偶然意识流到名可名非常名的形上，由是有诗。

在酱猪脚的烹制过程中感受到一种韵律，也由是有诗。

素朴的"非元"的诗

一

非为素朴而素朴，

只因素朴而素朴，

与"生活语言"不"生活语言"都无关。

非为"非元"而"非元"，

只因"非元"而"非元"，

与"告别隐喻"或不"告别隐喻"都无关。

诗只是诗。

二

其实"元诗"，与"以诗论诗"也无关。

"元诗"，"元文学"，"元电影"。

"元某物"，"元"的是"某物"背后，

决定"某物"之为"某物"的"那物"。

"元诗"

不过是以"诗"

去探索求证

决定"诗"之为"诗"的

"那个"something。

诗只是生活的一部分

一

诗只是生活的一部分，对于诗人邹进来说，只是生活的"题中之义"。

牛汉走了，他不写一首诗，是不可想象的。

在烹制酱猪脚的过程中感受到了诗，不把它写下来，同样不可想象。

二

"功夫在诗外"，对邹进也不存在。

诗和生活和人，已不再有内外。

譬如写他小学老师的那首诗。

三

不仅这十六首诗，在邹进所有的诗里，我最喜欢他写小学老师的那一首。

　　这首诗我反复读了好几遍。这在我的诗歌阅读史上，是绝无仅有的。包括最初读拜伦、普希金，后来读艾略特、里尔克。

　　没有任何的玄虚、玄妙、深刻、深奥，也没有美，没有崇高，更没有意象、象征、隐喻、反讽，没有哲理也没有抒情，没有颠覆也没有解构。诗歌王国值得炫耀的一切都没有。

　　只是写了一个人，一个怪僻、乖张、不近人情的人的一生，一些细节、琐事，邹进和她的往来，等等。

　　只是平实地写。说"素朴"都显得不够朴素，说"生活语言"之类就更多余了。

　　想到《套中人》《祝福》《我这一辈子》，有些关系，但还都不是。

　　想到奥斯卡获奖电影《罗马》，这个接近。都是关于人、人与人最普通也最基本的某些东西……

　　等说到这首诗的时候再说吧。

　　人，诗，诗人。触，作意，生活。是为楔子。

第一章

1 春天颂

春天的春天和心中的春天　咏叹调和宣叙调
复调诗

从唐古拉山脉的主峰

格拉丹东大冰峰的岗加曲巴冰川

高高尖尖的山峰下

是长江的正源

沱沱河

冰川融化的雪水

汇聚通天河

一路向下报告春天来临

年轻的老者走进春天

脸上已经布满皱纹

虽然他已疲惫不堪

但决不堕落到平庸的深渊

他专注地歌唱

让听者无不动容

哦，春天

我们彼此都是上帝

当苦难来袭

没有人能够抵挡

但是春天守护着我们的躯体

更守护人的心灵

诚恳的笑容

淡淡的忧伤

一幕幕彼此关爱的镜头

温暖人心

在春天，我们都可以超越本能

没有病痛不能战胜

春天给我的力量
像给我的血管鼓满了帆
亲人朋友温暖的支持
让我如履平川

尽管没有做错什么
但不知为什么
我们也会衰老
甚至疾病缠身
但我们最爱回忆的是
那些喂了狗的青春
含着泪连奔带跑地
赶往火车站接站的下午
碰撞的速度与激情
清脆明亮的山盟海誓

都伴着春天回来了
这一天我们等待了很久
不要烦躁
春天会使我们心绪不宁

那些飞滚的毛絮
也带着神的旨意
甚至工地上的噪音
都是在给我们伴奏

啊圣洁的河流
由你腹中生下的神灵
凡是走过或将要经过之地
油菜花都已铺就道路
再不受命运的制约
我们已被神圣垂爱
还何忧之有呢
春天已使厄运就范

此刻我们倍感陌生
没有记忆的工具
让我再想起过去
不管幸福还是痛苦如此种种
春天已经是我的新生

我的欢快是因为我交给命运主宰
我还要遵照神的旨意
去问候每一个悲观的人

一首偶然的"复调诗"

一

巴赫金说"复调小说"，并未说"复调诗"，不等于不可以有"复调诗"。

巴赫金的复调理论很精致，"复调"本身却并不复杂。

二

人物不再是作者的"传声筒"，本是小说进入近代的普遍现象。

把每个人物都写成"这一个"，本是"写实"的先天职责。

作家可以是单纯的，也可以是充满矛盾冲突多向度的，只是近代尤甚，陀思妥耶夫斯基尤甚。

尤如绘画走向"印象派"，音乐走向"复调"，陀氏把他那颗充满具象的形而上冲突的灵魂投向文学，巴赫金由是"发明"了复调理论。

诗歌中，是否也有这个"走向复调"的影子呢。

三

我们简单地"比较"两首关于春天的诗，一首西班牙诗人希梅内斯的，一首穆旦的。

希梅内斯的：

春天
——致一位女士

玫瑰放射最细微的芳香，
星星闪烁最纯洁的光芒，
夜莺用最深沉的啼声
将夜色的美丽尽情地歌唱。

稚嫩的花香使我不爽，
神圣蓝色的闪烁使我前额无光，
夜莺嘹亮的歌声
使我不幸地哭泣忧伤。

那并非无限的惆怅
用美妙甜蜜的舌头
舐着我古老的心房……
请你让玫瑰为我放出馨香，
让星星为我燃起诗的火光，
让夜莺为我快乐地歌唱！

穆旦的：

春

绿色的火焰在草上摇曳，
他渴求着拥抱你，花朵。
反抗着土地，花朵伸出来，
当暖风吹来烦恼，或者欢乐。
如果你是醒了，推开窗子，
看这满园的欲望多么美丽。

蓝天下，为永远的谜蛊惑着的
是我们二十岁的紧闭的肉体，

一如那泥土做成的鸟的歌，

你们被点燃，卷曲又卷曲，却无处归依。

呵，光，影，声，色，都已经赤裸，

痛苦着，等待伸入新的组合。

四

"由于他那西班牙语的抒情诗为高尚的情操和艺术的纯洁提供了一个范例"，希梅内斯获诺贝尔奖的颁奖词写道。希梅内斯这首《春天》，确实非常"纯洁"，纯到"单纯"。只有一个旋律，一个非常单、纯、洁、净的旋律，而且非常的美。

穆旦的《春》分为前后两节，前一节写外面的春天，后一节写内心的自我，确有"复"的意蕴。却又只有一个调性，全诗只一个旋律。虽这旋律已不若希梅内斯那般"单"与"纯"。

希梅内斯的《春天》写于1910年，上个世纪之交，许多事物还停留在十九世纪，那个"美"的最后世纪。尽管它又"象征"地踏入了"美"被拉下神坛的二十世纪。

穆旦的《春》写于1942年，西方人在上个世纪之交的所有"喧哗与骚动"，已被我们的"四十年代"一口气吞食了进来。所以穆旦的这首《春》，虽也只一个旋律，却已无古典的"单纯"。

而邹进的这首《春天颂》呢？

五

我们先看第一节和第二节：

> 从唐古拉山脉的主峰
>
> 格拉丹东大冰峰的岗加曲巴冰川
>
> 高高尖尖的山峰下
>
> 是长江的正源
>
> 沱沱河
>
> 冰川融化的雪水
>
> 汇聚通天河
>
> 一路向下报告春天来临
>
>
> 年轻的老者走进春天

脸上已经布满皱纹

虽然他已疲惫不堪

但决不堕落到平庸的深渊

在一个空行之间，从抒情男高音高亢的咏叹调，到戏剧男中音的宣叙调，若断崖一般地断然而下。

然后，没有空行：

他专注地歌唱

让听者无不动容

哦，春天

我们彼此都是上帝

尼采说"上帝死了"，邹进却说"我们彼此都是上帝"。

与希梅内斯不同，不是只在春天的怀抱中感受春天，思及恋人；

也与穆旦不同，不是只在春日的蓝天下思议春天，分辨自我。

邹进与春天"彼此上帝"。

所以，他才能陆续写下这样一些由春天而苦难而心灵乃至病痛力量衰老青春以及命运和他人的诗句：

当苦难来袭
没有人能够抵挡
但是春天守护着我们的躯体
更守护人的心灵
……

没有病痛不能战胜
春天给我的力量
……

我们也会衰老
甚至疾病缠身
但我们最爱回忆的是
那些喂了狗的青春
……

春天已经是我的新生
我的欢快是因为我交给命运主宰
我还要遵照神的旨意
去问候每一个悲观的人

一切皆不过因为，在某一个春日的某一片刻甚或刹那，心中的春天与大自然的春天，突然地遭遇相互侵入，"复"，不过是一种生命的礼赞和力，又从心中弥散开去而已。

不过因春日的触动，而焕发和赋予自己更多像春天那样的生命力而已。

六

而"复调"，其实早已是时代的基调。因为"单纯"早已不再，无论在内在外。除去单纯的娱乐或快乐，若"盛宴"之类。

诗也早已"复调"，在单纯地正面时代或反向时代之后。

邹进的诗也几乎无一不是"复调"的，除去极少数的"纯情诗"（十六首中选了一首）。

我们所以要从这首诗来谈"复调"，因为它几乎像"慢动作镜头"一样，演绎了这个"复"——虽然肯定是偶得的，而非先有布局，事先"作意"的。

更因为它宣告，"复"的力量来自：

"我们彼此都是上帝"。

并演绎了，如何"彼此上帝"实则"自我上帝"。

所以才能，

既欢快地面对命运，

还要遵照神的旨意，

去问候每一个悲观的人。

春天与复调与上帝。是说邹进的《春天颂》。

2 吃货颂

一部只有四行的"史诗"

孔子

是我们的精神领袖

食不厌精，脍不厌细

孔子原来是个吃货

古时的先贤

也吃货居多

休说鲈鱼堪脍

尽西风

季鹰归未？

金圣叹临斩不惧

付与大儿、小儿示知：

豆腐干与花生米同嚼

有火腿滋味

我们是中国吃货群
入群须宣誓：
朝思暮想
永不叛群
为了中国美食走出中国
永远吃下去直到闭嘴！

我们是凡间美食家
有无限美好的向往
下得了大排档
上得了米其林
吃了不白吃
必能说出子丑寅卯
严肃地对待每一场饭局
如同听一场严肃音乐

做好全城美食攻略
然后像套马杆的汉子，"女汉纸"

踏破铁蹄
走街串巷
把隐藏的老板挖出来
一个个尝试

如果不是为了吃
谁肯枯守一座城
谁说我们特别能吃苦
吃苦的年代早已过去
现在我们
特——别——能——吃
开心的时候，庆祝一下
难过的时候，安慰一下
无聊的时候，消遣一下
愤怒的时候，发泄一下

送上肥牛的鲜花
让心爱的女人"内牛满面"
这是吃货正确的表白方式
可以申报非物质文化遗产

食色性也，人之大欲
酒肉穿肠过，佛祖心中留
莫说学我如进魔道
在凡不减，在圣不增
吃吧
吃货们！
一切众生都有佛性
所有佛爷都是人

一部只有四行的"史诗"

一

我所说"史诗"，就是《吃货颂》中的这四行诗：

谁说我们特别能吃苦
吃苦的年代早已过去
现在我们
特——别——能——吃

不知道这个"特——别——能——吃"，如何的"来之不易"，是无从理解其为"史诗"的。

二

偌大如斯的一部历史，却被诗人邹进作成仅仅四行诗，如大排档的一串烧烤，一口给吃了。

却不干"夸张""象征"之类，

而与某种"假定性"有关。

假借自孔子。

三

孔子

是我们的精神领袖。

食不厌精，脍不厌细，

孔子原来是个吃货。

万世师表的孔子，被四句诗"原来"成了"吃货"。

四

先称"精神领袖"，不失读书人本位。

再举"食不厌精"，则属"证据确凿"。

故此敢于说"原来"。

五

没有进口的"幽默",却以自古的"恢谐",发为当下的"调侃"。

是方敢于"原来"。

"吃货"由是被"正名"。

六

由是"吃货"入诗。由是才能恣意地从金圣叹鲈鱼堪脍到大排档米其林，忘情地兴高采烈几乎肆无忌惮地歌颂"吃货"，才有这样一首令人惊诧又不无莞尔多少可称妙哉的一首关于吃又超越吃的诗。

于中，才有关乎人类最基本的生存需求也是最根本的理想诉求的"吃"的一部只有四行的"史诗"。

七

诗人却断然不可能，

为写这四行诗，

而去写那一首诗。

一切都只是被"触"动后，自然地释放。

所以才会有"诗"中的"史诗"，才会有一首包含"史诗"的"诗"。

也只有在一首欢快的不无戏谑的歌颂并非大雅之事的"吃货"的诗中，才可能发生这样一"部"关于"吃"的史诗。

其"作意"全在"歌颂"在"吃货"，这部史诗才能获得如斯自然而决绝的力量。

严肃发生于戏谑，才能有比严肃更严肃的严肃。"关于吃"发生于"关于吃货"，才能有比史诗更史诗的史诗。

"吃货"和"吃"，"作意"和"触"，"诗"和"史诗"。是说邹进的《吃货颂》。

第二章

3 拔地鼠和我们的生活意见

诗人未必想到卡夫卡　但我们想到了《变形记》

等待它们的

只有一次错误

一次忘乎所以的寻欢作乐

细微的喘息也如同风暴

弱小的心跳也像波涛

以生命作为代价

再也回不到那个洞口

等候已经多时

伪装徒劳无益

就这样被锁定

在房间里，汽车里，大街上

在电脑上，短信上，邮件上

在 IP 上，QQ 上，

在博客上，微博上，微信上，抖音上

在百度上，谷歌上

一举一动，如同拔地鼠

如同那些拔地鼠一样可笑

它们喜欢高估自己

每个人的肩膀上

都站着两只眼睛

你站在我的肩上

我就站在你的肩上

互相注视，然后进入对方

在所有情敌的、仇敌死敌的空间

留下恶毒的语言

在树林和人群里

埋下木偶，蛊惑人心

疯狂的人

疯狂到
不再被人引用
不再被颂扬
也不再被诋毁

如同一只蝉蛹
借着夜色
蜕变成一头大象
不再让人吃惊
所有人都变得
像恐龙
表情呆滞
被掐了尾巴般
反应迟钝

想起卡夫卡和里尔克

一

想起卡夫卡的《变形记》和里尔克的《豹》。

却不只因为拔地鼠和甲虫的形似。

二

时至早已"复调"的今日，居然还有严肃的学人们，把"反映"用到卡夫卡和里尔克的身上。

是不得不更想起《变形记》和《豹》。

有几多人还是那只甲虫，虽不一定是小人物，而且过得很好。

有几多人像那只不安于围栏的豹。

三

《拔地鼠和我们的生活意见》。

这是一首不断地偷换概念转移所指不断地移

位，在"拔地鼠"和"我们"和"生活意见"之间，
而最终"逸出"的诗。

　　　等待它们的
　　　只有一次错误
　　　一次忘乎所以的寻欢作乐
　　　细微的喘息也如同风暴
　　　弱小的心跳也像波涛
　　　以生命作为代价
　　　再也回不到那个洞口
　　　等候已经多时
　　　伪装徒劳无益

　　最初明确是在写"拔地鼠"，且不管"拔地
鼠"是什么。用的是"客观镜头""外视角"，
就像卡夫卡写格里高尔如何发现自己变成了甲虫
那样。
　　然后，仅仅一个空行：

　　就这样被锁定

在房间里，汽车里，大街上
在电脑上，短信上，邮件上
在 IP 上，QQ 上，
在博客上，微博上，微信上，抖音上
在百度上，谷歌上

似乎从"客观镜头""外视角"转为"主观镜头""内视角"，其实还不是。"被锁定"的和前面的"它们"，同样都在"客观镜头"中，只是主体"拔地鼠"移位成了"我们"。

再又一个空行：

一举一动，如同拔地鼠
如同那些拔地鼠一样可笑
它们喜欢高估自己

说"如同"时，"我们"和"拔地鼠"还是二者。

说"它们"时，"我们"和"拔地鼠"已"合二为一"。

而把包括"我们"在内的"合二为一"者，

称作"它们"，则不简单。有点胡塞尔的"二阶思维"，而非一般的内思、反省，也远过了主客观镜头或内外视角。

它是完全画面的。

它是要我们看到：

如同拔地鼠一样可笑的"它们"，

也即"我们"，

依旧喜欢着高估着自己。

然后再"浮声"开来：

每个人的肩膀上

都站着两只眼睛

你站在我的肩上

我就站在你的肩上

互相注视，然后进入对方

在所有情敌的、仇敌死敌的空间

留下恶毒的语言

在树林和人群里

埋下木偶，蛊惑人心

四

再然后，空了两行——这是很重要的，诗人也很少用——却不为"切响"，而为"逸出"。说"别的"去了：

疯狂的人

疯狂到
不再被人引用
不再被颂扬
也不再被诋毁

却依旧是一首诗，"风马牛相及"的一首诗。

五

因为"疯狂的人"是与"拔地鼠"对位的另一极。

却非"南极"与"北极"的"两极"。

倒像是"撒旦吞噬自己的孩子"（戈雅一幅

画的画名），那样的"两极"。

是此"对位"，更像"对冲"。

六

先写"拔地鼠"，是从外面看我们。包括我们被锁定在房间里，汽车里，大街上，在电脑上，短信上，邮件上。就像卡夫卡最初写格里高尔如何发现自己变成了甲虫。

再写"疯狂的人"，则是从我们看世界。看蝉蛹蜕变成大象，人或如恐龙，看口传心记，改变世界，至高无上。就像卡夫卡写格里高尔变成甲虫之后的感觉。

七

自然界本来就没有"拔地鼠"这类生物。

（恕笔者愚耄，查了半天资料，也没搞明白"拔地鼠"究竟是个什么东西。总之是非自然后现代的。诗人用这个意象，当还有所意指。）

只能"见仁见智"，各自达诂吧。

八

不必存在主义的存在。

不必象征主义的象征。

但这样还不够，

毕竟已是"复调"年代。

.

4 厄运颂

善意的尼采　而非叔本华

尽管厄运来得突然
皆因从前曾被无视而
过多请求是有害的何不以为
这是神之所示呢?

谁也无法预测
这颗分子的蜕变
将怎样决定未来
或如何毁灭人的自以为是
恒久不变又变幻不定
正是人类状况的真实之处
疼痛也是一种眼之所见的方式
在体内放射光辉

在身体构筑的宫殿里

把每一件器官视作展品

没有一件相同

都是造物主的杰作

在夜间，这座宫殿也是

灯火辉煌，随时为观摩者打开大门

人们都说，这就是神的居所

这里已无凡俗迹象

一场生命的赞歌

就由这里传出

危难时刻神才会出现

平时他神秘无比

众神之子聚集在此

他们无须饮食，只管歌唱

每一首歌都能唱出

人们心中的苦痛

读读那些美丽的歌词

都在感动着自己
于是会有奇妙的事发生
厄运也绕道而行

从此有了身体的哲学
吃饭如修行
睡觉如养生
做爱后相互道谢
期待每一次有所不同
一次比一次更加神秘
不论看到什么
总能让我感到惊奇

何不拨响所有的琴弦
让身体共鸣？
何不去幻想，此季一到
身体里都是春天
神需要赞美，他会更加卖力地
疏浚每一条血管以便漕运
那些不被关注的身体物件

终因爱抚而欣喜若狂
从而积聚起更大的力量
去召唤命运

不无尼采

一

七八年没见邹进，见面这次，他爱人诸菁也在场，才知道诸菁得了一次很严重的癌，依靠中医和自救，竟然完全好了，还为此出了一本书。

这应当就是《厄运颂》写的那件事。难怪诗中出现那么多生理性的名词，"从前曾被无视"，"那些不被关注的身体物件"，也当都有确指，而非隐喻。

我却没有去问邹进，这首诗什么时候写的。是在最初知道有癌时，还是在手术后对扩散和转移的恐惧中，还是找到何教授后中医介入后，或更以后。

我也不能去问。那不仅会影响我的解读，还会影响我对这首诗的……怎么说呢——尊重。

因为这是战斗，

是对生命随时可能走向非正常死亡的"厄运"
的战斗,

是用对"厄运"的歌颂去对峙"厄运"。

也是对"厄运"本身的歌颂。

因为"大病之后才明白","明白了很多对
于生命和人生的道理。"如诸菁在她那本书的首
发会上所说。

二

由是想到尼采,想到尼采的"意志哲学",
却是"强力意志"而非"权力意志"。

"强力""权力",似只是一个翻译的问题,
却相去太远了。

三

"强力"而非"权力"意志的背后是理性,
把一切都看明白,但不任凭摆布的理性。

所以邹进说,"恒久不变又变幻不定／正是
人类状况的真实之处。"诸菁说,"当我从最初
的恐惧中平静下来之后,生存的欲望又在我的心

中燃烧起来，我不畏惧死亡，但我不想这么不明
不白地结束。"

四

但厄运毕竟是厄运，何况"来得突然"，
所以诗的第一节，语序都是错置的：

尽管厄运来得突然
皆因从前曾被无视而
过多请求是有害的何不以为
这是神之所示呢？

而从第二节开始，又马上回归正常的节律，
因为在与厄运的对峙中，意志已迅疾占了上风：

谁也无法预测
这颗分子的蜕变
将怎样决定未来
或如何毁灭人的自以为是

恒久不变又变幻不定
正是人类状况的真实之处
疼痛也是一种眼之所见的方式
在体内放射光辉

　　并更迅疾地转为歌颂，却不是歌颂厄运本身，而是歌颂厄运的"发生之地"——这个"转移"十分重要，几乎是"战略"性的：

在身体构筑的宫殿里
把每一件器官视作展品
没有一件相同
都是造物主的杰作
在夜间，这座宫殿也是
灯火辉煌，随时为观摩者打开大门
人们都说，这就是神的居所
这里已无凡俗迹象

由是：

一场生命的赞歌

就由这里传出

危难时刻神才会出现

平时他神秘无比

众神之子聚集在此

他们无须饮食，只管歌唱

每一首歌都能唱出

人们心中的苦痛

这个"神"和"众神之子"，正是邹进自己和他的诗句。面对突如其来的死亡厄运，反倒能够欢快起歌的歌者和他的歌。

而这，或正是诸菁转引他人所说，新的医学模式，"生物——心理——社会医学模式"的社会——心理——生物范式。

到灾难发生的地区去歌唱，就像把红旗歌舞团拉到炮火轰鸣的前沿阵地一样。

五

由是诗人自然地想到诗歌，开始抒情：

读读那些美丽的歌词
都在感动着自己
于是会有奇妙的事发生
厄运也绕道而行

开始关注身体的哲学：

从此有了身体的哲学
吃饭如修行
睡觉如养生

然后最后，手中的指挥棒一挥，乐队全体起立，琴弦幻想春天，每一根血管及那些不被关注的身体物件，终因爱抚而欣喜若狂，奏响起召唤命运的壮阔乐曲：

何不拨响所有的琴弦

让身体共鸣？

何不去幻想，此季一到

身体里都是春天

神需要赞美，他会更加卖力地

疏浚每一条血管以便漕运

那些不被关注的身体物件

终因爱抚而欣喜若狂

从而积聚起更大的力量

去召唤命运

六

　　"生命是神圣的，但也是脆弱的。活着需要本能也需要智慧。"如诸菁在首发会上所说。

　　邹进这首诗的力量，不在"诗学"，而在"医学"。在"意志"，更在"智慧"。

　　不是歌颂厄运本身，而是歌颂厄运的"发生之地"，从而以精神的力量和欢乐的情绪对峙厄运。

　　生命、厄运、意志、智慧和诗，是说邹进的《厄运颂》。

第三章

5 520（我爱你）

他们还是她　都付流水落花

开始时是悲痛
之后是悲伤
再后来变成了忧伤
现在想起他们
只剩下一点伤感

我站在河岸上
脚下落叶湍湍
谁说树犹如此

看着孤帆远影
恰似自己离去

虽然在你面前
其实已经远离
爱我的人啊
看着我一个人坐在树下
环视群山

大部分时候
世界都是毫无诗意
莫不如还有一点点忧伤
哪些人还能叫我悲痛
或是我，让谁伤悲

非荷尔蒙的爱

一

《520（我爱你）》，这是一首"回旋曲式"的抒情诗，一首关于"荷尔蒙"又"非荷尔蒙"的诗，一首超乎"爱情"和"博爱"的，关于"爱"和"悲痛""悲伤""忧伤"的诗。

全诗四节，每节五行，非常"工整"。第一节从"开始"和"悲痛"开始：

开始时是悲痛

之后是悲伤

再后来变成了忧伤

现在想起他们

只剩下一点伤感

起首这五行，信手拈来那已经消逝或正在消

失的纯真感伤唯美的某些情愫，准确而诗意地描述了几乎每个人都曾遭遇过的，失去友人后从悲痛转悲伤再转忧伤，最后只剩下一点伤感的衰减历程。从文学意义上讲，几乎是自然主义的。

然后在第二、第三两节，通过最初隐形的"我"和在场的"他们"，包括"他"或"她"的循环呈现，交替在场，"回旋"为第四节同时在场的"世界""他人"和"我"：

> 大部分时候
> 世界都是毫无诗意
> 莫不如还有一点点忧伤
> 哪些人还能叫我悲痛
> 或是我，让谁伤悲

这最后五行，重复着前面的纯真感伤唯美，又超越了纯真感伤唯美。依旧悲痛悲伤忧伤，却不是原来意义的悲痛悲伤忧伤。

从人文意义上讲，是从情感层面"回旋"到存在层面，或说带着情感因素上升到或说进入到存在层面。

二

不过因为在"我"和"他们"，包括"他"或"她"之外，加了一个词：世界。

诗人的目光移开了，"视界"扩大了。

最初，在写第一节的时候，诗人的目光是在时间上面向过去，和已经过去的"他们"。"回旋"到最后一节，则是在空间上面向当下，和正在当下的"我们"，"我"和"他人"们。

三

我们，他们，人们，悲痛悲伤忧伤伤悲，一切都会变。问题只在，变"去"什么，又变"来"什么。

什么是真正珍贵的。

四

世界已无诗意，

莫不如还有一点点忧伤。

一切都在"物"着，若忧伤"物"，不过更"物"。

所以忧伤悲痛伤悲，只及"哪些人""我"和"谁"。

还能有人叫我悲痛，只不知是哪些人。

我也还能让人伤悲，只不知道是谁。

实际上是：

愿：

还能有人叫我悲痛，

我也还能让人伤悲。

五

海德格尔最后的追问，也不过追问到这个层面。

《演讲与论文集》，海德格尔最后留给世人的结集，被法国《读书》杂志选入"理想藏书、哲学类"前十种，与亚里士多德《形而上学》、康德《纯粹理性批判》相提并论的，是海德格尔的处女作即名作的《技术的追问》。

"下面我们要来追问技术。"海德格尔开宗明义即说。

"这种追问构筑一条道路。因此之故，我们大有必要首先关注一下道路，而不是聚焦于个别的字句和名目。该道路乃是一条思想的道路。所有思想道路都以某种非同寻常的方式贯通于语言中，对此我们多少可觉知一二。我们要来追问技术，并且希望借此来准备一种与技术的自由关系。当这种关系把我们的"此在"向技术之本质开启出来时，它就是自由的。如果我们应合于技术之本质，我们就能在其界限内来体会技术因素了。"

然后讲如何由"追问"使"技术"变成"解蔽"本身、"一种解蔽方式"，从而使"此在"取得对"技术"的"自由"——却是在"技术"的"界限内"。

"技术"也即现代的"物理"。

不再问"物理学背后"的"本体"，而只求"技术界限内"的"自由"，"存在"由是变为"此在"。

六

却似乎远不必这么复杂。

似乎不必"道路"，即可"直夺"，若邹进

的"莫不如"。

"技术"也已经"超技术"，还可能"更超"。

是不必追问技术，只须问我们自己：

还有没有人能叫我悲痛，

我还能不能让人伤悲。

七

不重"外在"，只重"内在"，

中国人不正是这么一直"在"下来的吗。

爱、悲伤和在。是说《520（我爱你）》。

6 怀念我的一个亲人

理解的伟大　让人心痛的理解

孤独地度过最后一个夜晚
她的孤独是一生的
走的时候没有痛苦
她的痛苦是一生的

谁都以为她孤僻
但不知道她清高
谁都以为她怪异
但不知道她骄傲
她生活在市井当中
她是他们中的异类

她一生都在奔忙

在一个城市里奔忙

在字里行间奔忙

到了不能走动的时候

她内心仍在奔忙

一刻不停

她的手因为长期劳作

变得粗糙不堪

大得跟身体不成比例

不能想象曾经

这也是一双纤细的手

画出工笔仕女

她与社会格格不入

即便我，也跟她格格不入

她抱定的观念从少女时代就生成

几十年不改变

她是一个洁癖

在没有灰尘的地方

都能看到灰尘

对周围的人也是一样
无论多有出息
在她眼里都有瑕疵

我不能在她身边待很久
待久了就会发生争吵
我不能改变她
她只说她的，也让我难受
我会找到很多借口
尽快离开

她是一个市民
和知识女性的混合体
是一个谨小慎微的处事者
和口无遮拦的批评家的掺和物
她对科学家推崇备至
又对权势五体投地

谁都会钦佩她
是因为离她远

谁都会厌弃她
是因为离她近
小人说她是小人
君子说她是君子
亲人都不愿意靠近她
晚辈对她都不孝敬

她走在人群中间
只是一个空空的躯壳
她跟他们中的每一个人说话
思想却在别处
她不是一个厌世者
最匮乏的年代她也能活得精致
她的菜篮子与众不同
偶尔也会藏着一条鲥鱼
她能把一碗阳春面
做到你想象无限

她一点也不会创造
所有的知识都来自记忆

她缺乏的是智慧
但她能把知识掌握得如此牢固
她是我的第一个老师
是我所有知识的起点
她的理想是当一个科学家
笃信科学和实业救国
可最终她只是涉及一点科学的常识
而我也早就走上了歧途
她是否有过恋爱
谁也不曾过问
她极尽孝道，终身未嫁
却怨恨父亲没让她走进大学校门

说了一辈子的话
最后的一句没说
写了无数本日记
最后的一篇没写
写满了几乎所有的纸片
但没有最后的一页
她用一把小小的锁

锁住一个最小的箱子
我知道那是交给我的
但没有一句交代

我坐在她的房间里
房间还是带着霉气的清香
家具一尘不染
衣裳整洁如故
闹钟还在固定的时间响起
寂静仍如同她独自一人
但到夜深人静
桌上还会发出窸窣的声响
又一页纸被写满
密密麻麻只有她自己看清

颤抖的手啊
如何让字迹那样清秀
已经迟钝的大脑
还坚守着固有的思想
我怎么知道她此时痛苦吗

这不过是我自己的感受
她一生中只有疲劳
痛苦也需要用时间去体会
也许她能更幸福一点
也许她能减少一点痛苦
幸福永远不会变成习惯
而痛苦早已变成了习惯

为什么她总有那么多事情
每天都做不完
每天都有没做完的事情
要拖到明天
每天都有没看完的报纸
要拖到明天
每天都有没记完的账
要拖到明天
每天都有没写完的信
要拖到明天
到处都是字啊
到处都是写满了字的纸片

到处都有不再出油的圆珠笔芯
那些字穿行在每一本书的字里行间
像穿行在那个城市的大街小巷

她剪了一辈子报纸叫作剪报
寄给谁谁也不看
写了一辈子的信
收件人都懒得打开
学了一辈子英语
没有过任何用途
记了一辈子日记
没有一点秘密

时间像一本相册
一个个方格，一个个的镜头
而今她进入时间隧道
但愿她奔向相反的方向
又退回到中学时代
培养她骄傲的地方
再退回到她的幼年

培养她任性的地方
最后退回到襁褓之中
怀着一颗赤子之心啊

除了我，没有人孝敬她
除了我，甚至没有人想到她
她早已消失了，离群索居
像一头老象离开了象群
没有人还愿意听她的教诲
她对所有人都已经多余
她也不需要墓碑
除了我没有人会去看她

当所有血肉都消失以后
她的脸上只留下一个鹰的鼻子
像浮雕一样镶嵌在脸上
炉火也不能将她烧化
这就是她留给我的最后影像
从此这具肉体就不复存在

一生中有多少伤心事

这一件让我最伤心

一辈子有多少快乐时光

从今以后我不再有快乐

我只想对着一个女人叙述

这个人的往事

只要她能陪我一起哭泣

一起叹息

比爱更珍贵的

一

《怀念我的一个亲人》。

这首诗，窃以为，

可以入选任何一部"当代诗选"。

在任何一部诗选里，它将都是独特的，

意义非一般的。

二

却不只因为，

谁也不可能，

再遇到这样一位阿姨。

也不只因为，

邹进几乎把这位阿姨写"活"了。

三

而在于，

邹进只是写了她的回忆。

写了他对阿姨的回忆，

以及关于他们"之间"的回忆

——"人与人之间"的"之间"。

四

所以想到《套中人》《祝福》《我这一辈子》，却还都不是。

别里科夫、祥林嫂，都只是"通过"他们，去写社会。

《我这一辈子》，老舍和石挥的《我这一辈子》，也一样。

由是想到奥斯卡的获奖电影《罗马》。

五

生活，人，人与人。最普通的，日常的。绝对真实未经改造、唯一"曾经的"，只是被"穿透"

而"呈现"了。

六

绝没有去"隐喻"什么，像某些影评人所"解读"的那样。

以前"反映"，

现在"隐喻"，

就不会有点别的吗。

七

电影《罗马》中的"罗马"，不是那个举世闻名的意大利的罗马。

而是墨西哥城的一个区。

就像这首诗里的"一个城市"。

"她一生都在奔忙 / 在一个城市里奔忙"，

其实应当读作：

"她一生都 / 奔忙在一个城市里"，只"一个城市"。

应当就是诗人幼时的那个城市。

八

某个城市或某城市的某个区，都必定在某时段的某社会中。

"人是社会关系的总和。"

通过人写社会，曾经何等重要，何等辉煌。

但一切曾经，都会不再曾经。

九

写人，即便抽象地、变异地写，也不可能是"非社会"的，却不一定通过人去写社会，更不一定因为写了社会中的人，就以为是在写社会，以为"反映"或"隐喻"了什么。

十

这就像那个问题：

人是为了吃饭而活着，

还是为了活着而吃饭。

人是为了社会而人，

还是社会为了人而社会。

十一

　　《罗马》和这首诗，都写了社会中的人，人与人。却只是为了写人，写人与人。写人与人之间的人。

十二

她对科学家推崇备至
又对权势五体投地

——这背后当然有时代和社会。

她的理想是当一个科学家
笃信科学和实业救国

——有更久远的时代和社会。

她极尽孝道，终身未嫁
却怨恨父亲没让她走进大学校门

——有更久远的时代和社会。

十三

她与社会格格不入

她是一个洁癖
在没有灰尘的地方
都能看到灰尘

——却与任何时代、社会都无关。

十四

谁都以为她孤僻
但不知道她清高
谁都以为她怪异
但不知道她骄傲
她生活在市井当中
她是他们中的异类

——她抱定的观念从少女时代就生成，

几十年不改变。

她是一个市民
和知识女性的混合体
是一个谨小慎微的处事者
和口无遮拦的批评家的掺和物

且：

谁都会钦佩她
是因为离她远
谁都会厌弃她
是因为离她近
小人说她是小人
君子说她是君子
亲人都不愿意靠近她
晚辈对她都不孝敬

——她只是她。

十五

我不能在她身边停留很久
待久了就会发生争吵
我不能改变她
她只说她的，也让我难受
我会找到很多借口
尽快离开

——过去，在她还在的时候。

我坐在她的房间里
房间还是带着霉气的清香
家具一尘不染
衣裳整洁如故
闹钟还在固定的时间响起
寂静仍如同她独自一人
但到夜深人静
桌上还会发出窸窣的声响
又一页纸被写满

密密麻麻只有她自己看清

——不久前，在她刚走的时候。

一生中有多少伤心事
这一件让我最伤心
一辈子有多少快乐时光
从今以后我不再有快乐
我只想对着一个女人叙述
这个人的往事
只要她能陪我一起哭泣
一起叹息

——现在，在回忆她，并写这回忆的时候。

十六

除了我，没有人孝敬她
除了我，甚至没有人想到她

她也不需要墓碑

除了我没有人会去看她

——却不知道为什么。

为什么没有人孝敬她，甚至没有人想到她，没有人会去看她，

而我孝敬她，想到她，会去看她。

——又似乎不必为什么。

人与人就是这样。只看什么人和什么人。

十七

是因为别人不知道她清高，不知道她骄傲，而你知道吗。

是又不是。

——"缘分"和"理解"，又不止于此。

十八

不止于"缘分"和"理解"，更因"伤心"和"叹息"。为了阿姨的这一生，为了这样的一个人生。

为了她的奔忙，在一个城市里奔忙，在字里

行间奔忙,到了不能走动的时候,她内心仍在奔忙。

为了她总有那么多事情，每天都做不完，每天都有没做完的事情，要拖到明天。

为了她剪了一辈子报纸叫作"剪报"，寄给谁谁也不看，写了一辈子的信，收件人都懒得打开，学了一辈子英语，没有过任何用途，记了一辈子日记，没有一点秘密。

为了她，

幸福永远不会变成习惯，

而痛苦早已变成了习惯。

十九

而所有这一切，

最后都浓缩为一个意象：一个鹰的鼻子。

当所有血肉都消失以后

她的脸上只留下一个鹰的鼻子

像浮雕一样镶嵌在脸上

炉火也不能将她烧化

这就是她留给我的最后影像

从此这具肉体就不复存在

——这个意象，叫作"执着"。

二十

诗人在最后说：

我只想对着一个女人叙述
这个人的往事
只要她能陪我一起哭泣
一起叹息

"一个女人"，就是"这个女人"，阿姨。
而她会觉得奇怪，
为什么要哭泣和叹息。
而这才是真正值得叹息的。
是必须说，人啊人……

二十一

所以我以为，

《怀念我的一个亲人》，这首诗，
可以入选任何一部"当代诗选"。
朋友们以为呢。

第四章

7 大年初一，忧伤日

何忧何伤　有意味的五味人生

我带着忧伤整理名片
名片上的人带给我忧伤

胡忠，你不是一只真老虎吗
怎么叫人一捅就破
你戴过的小红帽（不是小绿帽）
还在京城漂着飘着
你的书店现在是你的
小舅子在打理吧

不管它还是不是胡氏现在
还有谁想起纸老虎呢

老马，你那节肠子
还是要了你的不老不小的小命
为了一个工艺设计的细节
我把你说得一无是处
你可是特级大师啊你那节肠子
跟这个细节有关系吗
真抱歉哈，谁叫你是乙方
脾气是甲方专有的

牛汉老头儿，你家电话
我也不会再打了其实
你活着的时候我也很少打
我是个薄情寡义的人
跟你共事那段欢乐时光
今后也不会再有了
　"愿车马，衣轻裘，与朋友共
敝之而无憾"

名片上的人带给我忧伤
包括那些活着的人

雨芹，你现在诗意地栖居
在何处，还是充满了劳绩
你的先生在地下室里
找到上帝和魔鬼斗争的场所
他晓得书店老板太过艰辛
就选了人迹稀少的一条林中路
临走嘱咐你关门大吉
只留得"听风听雨过清明"

席殊，你的书店真叫人伤心！
经典没了，流行也木有了
曾经风流遍地，每一间书屋
都堪比一个杜甫草堂
你釜底抽薪，乘桴浮于海
可怜百足之虫死而不僵
不论我在哪里看见它

都会停下脚步，低头致哀

思考乐，还有快乐吗
光和作用，不再把知识转化为思想
严博非，你的季风，是年租轮番上涨
张清水，你的大音，早已不可得闻
薛野，你变身西西弗斯
来到中国一个缺少阳光的地方
把书当成了那块巨石
读者就成了那座陡山

这些活着的人带给我忧伤
心灵之死更让人痛惜

8 今晨，又一只鸟飞走了（悼牛汉）

这个时代仅存的良心　没有夸张　绝非虚语

在我们这个时代
每个人，实在都不值一提
曾经的诗人，还能望星空
现在，星空在哪里
星星碾成粉末
还能照亮何人

没有英雄的时代
只能谈情说爱
趁着没有谈婚论嫁
趁她不谙世故
在玻璃房子里
教她读书写字

而另外一些人
他们优良的秉性
胆小怕事，却装腔作势
卑躬屈膝，还自显高大
在善良人们的
宽厚之心上横冲直撞

一个清秀的人
变得无法辨认
自省是唯一的良药
等猜忌和野心从体内排出
快乐和梦想才会
重新滋养他们的肉体

为什么不提醒他们
把他们从黑暗的渊薮中救出
为什么要把嘴闭上
这嘴，吐出过多少美丽和谐的词汇
你是一块活化石

这个时代仅存的良心

我非常想做这样一个人
自知很难
所以时常想一想你
如同抚摸一下自己的胸口
而今晨，灯塔倒了
黑暗瞬时涌进我心

等我再看你一眼
之后，你的肉体不复存在
我没有为你悲伤
你早已是一颗雄浑落日
老头儿，我以为你是不会死的如今
你栖息在一棵叫死亡的树上

一想起这老头儿
我就满心愉快
因为他死了
才证明他永远存在

星象转移
斗柄在天

又一只鸟飞走了
这一年，遇到太多的飞翔
多年以前，一个叫霞的女孩
写一只鸟又一只鸟
如今她的那只鸟
被关在笼子里

你这只鸟，如鲲鹏展翅
九万里，背负青天朝下看
在我坠落的时候
死死抱住一本诗集
它一定会带着我飞翔
背负人性光辉

9 偶尔想到民国

也是一种存在主义

我外婆活到 90 岁
她 70 岁的时候
感觉自己就要死了

她坐在竹椅子上
用蒲扇给我煽着风
一边说她的伤心事

凄美的故事
都可以像诗一样再听

渣打银行
在我妈 10 岁那年

又可以取款了

她的 6000 块大洋
被冻结了整整 8 年
赎回之后
只买回来一袋米
那是民国三十五年

一切为了抗战！
我姨的大学的梦啊
跟着一缕青烟
装进一个精致的盒子

她把首饰送到当铺里
含着眼泪回家
她可是扬州的大户人家的
大家闺秀啊！

如今她遁迹于
江南的一个私人院落

两间破旧的小屋

那已经是 50 年前的事了
如今我快 60 岁了
她的女儿 80 多岁了
我的女儿 20 多岁了
她 120 岁了

如果她还活着
比杨绛还老
会老成什么样子啊！
她的丝滑的皮肤在我手上
像江南的绸缎

其实我没睡着
听她唠唠叨叨地
讲一个家的败落
听着就好像一个朝代
也跟着破败一样

每次说着说着
她都要哭了起来
我更坚定地紧闭眼睛
她伤心得让我感到
下一个暑假回来
肯定就见不到我了

她长寿也因为我倾听
她又活了 20 多年
那年我 10 岁

生死的形上

一

《大年初一，忧伤日》。

这首诗，在十六首诗里，是比较特别的一首。

特别在于，它所传递的，值得捕捉和思索的信息，在它写了什么，更在写的态度——不是通常说的"心态"，只是"态度"。

二

说"忧伤"，并感觉不到什么忧伤。

面对逝者和生者，也感觉不到多大的区别。

三

胡忠，你不是一只真老虎吗

怎么叫人一捅就破

——这当是一位"逝者"。

雨芹，你现在诗意地栖居
在何处，还是充满了劳绩

——这当是一位"在者"。

却看不出任何差异。

能看出的只是，

胡忠，应当是一个男生，当年就习惯于彼此
开玩笑。

雨芹，应当是一个女生，从来就保持着适当
的礼数。

仅此而已。

四

老马，你那节肠子
还是要了你的不老不小的小命

——这老马，应当和胡忠一样，也是一个已

逝的男生，也是当年就习惯彼此开玩笑的。男生
之间恐怕大多数都这样。

　　席殊，你的书店真叫人伤心！
　　经典没了，流行也木有了

　　——这位席殊，应当和雨芹一样，只是更外
向一些，更像男生一些，所以说话也可以更直接
一些。
　　也仅此而已。

　　　　　　　　　　五
　　所有的人，包括已逝的和仍在的，几乎都与
书有关，都把生活和职业系在了"书"的这棵大
树上。

　　你的书店现在是你的
　　小舅子在打理吧

　　他晓得书店老板太过艰辛

就选了人迹稀少的一条林中路

席殊，你的书店真叫人伤心！
经典没了，流行也木有了

思考乐，还有快乐吗
光和作用，不再把知识转化为思想

薛野，你变身西西弗斯
来到中国一个缺少阳光的地方
把书当成了那块巨石
读者就成了那座陡山

对于当年吉大中文系的毕业生来说，这太不足为奇了。

六

都是当年吉大的同学，却独独有一个"牛汉老头儿"。

牛汉老头儿，你家电话
我也不会再打了其实
你活着的时候我也很少打
我是个薄情寡义的人
跟你共事那段欢乐时光
今后也不会再有了
"愿车马，衣轻裘，与朋友共
敝之而无憾"

也完全不足为奇。

七

书，吉大中文系，牛汉老头儿，
都在从七十二贤人至今的那条流脉上！

八

你戴过的小红帽（不是小绿帽）
还在京城漂着飘着

——这"漂着飘着"，就有那流脉。

为了一个工艺设计的细节
我把你说得一无是处
你可是特级大师啊你那节肠子
跟这个细节有关系吗
真抱歉哈，谁叫你是乙方
脾气是甲方专有的

——这"甲方乙方"，也有那流脉。

思考乐，还有快乐吗
光和作用，不再把知识转化为思想

经典没了，流行也木有了
曾经风流遍地，每一间书屋
都堪比一个杜甫草堂

跟你共事那段欢乐时光
今后也不会再有了
"愿车马，衣轻裘，与朋友共

敝之而无憾"

——思考乐，经典没了，愿车马，衣轻裘，
更就是"那条"流脉。

九

所以诗的最后，才会几乎"莫名其妙"地，
从人的生与死，
"跳"到心灵之死：

这些活着的人带给我忧伤
心灵之死更让人痛惜

——从名片走到形上，生命的形上和心灵的
形上。

十

形而上。

把"物理学背后"译作"形而上学"，多少
有些差强。

比把"感性学"译作"美学"，要好一些。

却远逊把"爱智"译作"哲学"。

十一

"物背后""物自体"，关注在"彼是什么"。

"而上者道""而下者器"，关键在"我如何为"。

中国人的思维是整体且"以人为本"的。

"道"即在"形"中，在"人"中。在如何做人做事、看人看事，包括生死。

才是中国人的"形而上"。

故程子说，洒扫即形上。

是邹进看逝者、生者，一等如斯。

十二

尽管先从西土引进思辨和宗教，

又从那方向上引进哲学与抽象，

但老祖宗留下的这个"整体"，

并未消逝、消失，

依旧在传承着传承着，

从程子……到

邹进这首诗。

虽然邹进，根本不可能想到这些。

名片、生死、形上，是说《大年初一，忧伤日》
一诗。

十三

《今晨，又一只鸟飞走了（悼牛汉）》。

悼牛汉，在于悼"一个"诗人，更在于悼"这
个"诗人。

在我们这个时代

每个人，实在都不值一提

没有英雄的时代

只能谈情说爱

而另外一些人

他们优良的秉性

胆小怕事，却装腔作势

卑躬屈膝，还自显高大

一个清秀的人
变得无法辨认

——正是在这样的时代，一块活化石，这个时代仅存的良心，牛汉，走了。

十四

邹进却说，"我没有为你悲伤"，不仅因为"你早已是一颗雄浑落日"，因为"一想起这老头儿／我就满心愉快／因为他死了／才证明他永远存在"，更因为"我非常想做这样一个人／自知很难／所以时常想一想你／如同抚摸一下自己的胸口"。

古话说"见贤思齐"，邹进却知道自己还"齐"不了，所以时常要想一想"这个老头儿"，"如同抚摸一下自己的胸口"。

"诗人"，"诗"与"人"。多大的话题，尽在是句中，却可"体"而不可"辨"。

这和写"黑"写"白"的诗完全两途。虽然写"黑"写"白"也很重要，对于"作"诗的诗人们来说。

是说《今晨，又一只鸟飞走了（悼牛汉）》一诗。

十五

《偶尔想到民国》。

这首诗，用了大量的"闪回"和"闪进"蒙太奇，或者说，这首诗正立足"闪回"和"闪进"蒙太奇。"闪回"和"闪进"蒙太奇，构成了诗本身，或说它的"本体"。

90岁、70岁、10岁、50年前，60岁、80多岁，20多岁、120岁。都是在年岁、岁月、时间中"闪回"或"闪进"。

其实却只是一次片断的回忆，一个片断的回忆场景，被"闪回""闪进"交织组织着。

只是诗人回忆起约50年前，他10岁，他外婆90岁时，曾经多次发生、每次都是这样的那个场景。

她坐在竹椅子上，用蒲扇给我煽着风，一边说她的伤心事。说她的6000块大洋，被冻结了整整8年，在我妈10岁那年赎回之后，只买回来一袋米。那是民国三十五年，也就是1946年。说我姨的大学的梦啊，为了抗战，跟着一缕青烟，装进一个精致的盒子，送到当铺里。如今她遁迹于，江南的一个私人院落，两间破旧的小屋。那个"如今"，是讲述当时的"如今"。

"那已经是50年前的事了"，才回到现在。"如今我快60岁了／她的女儿80多岁了／我的女儿20多岁了／她120岁了"——如果她还活着的话。

然后，

"其实我没睡着／听她唠唠叨叨地／讲一个家的败落""每次说着说着／她都要哭了起来"，则是从现在讲当时，犹如画外音一样。

"她长寿也因为我倾听／她又活了20多年／那年我10岁"，也一样，同时用回应开头的办法扣住了全诗。

似乎只是数字的类似魔方的游戏。诗人心中

的一个魔方在转动，我们也随着这魔方转动。关于年岁、岁月、时间、变迁和生死的魔方，在 90 岁、70 岁、10 岁、50 年前、60 岁、80 多岁、20 多岁、120 岁之间转动着。

"生死"不仅在"生"和"死"，也在从"生"到"死"的迁变中。一切迁变，无不可体现为关系年龄、岁月、时间和变迁的数字，譬如 6000 块大洋、一袋米、民国三十五年。一切对迁变的观照，亦可体现为关系年龄、岁月、时间和变迁的数字，如这首诗，这个"魔方"上的所有数字。

关键在这观照，在这观照的意味。

这意味首先在数字，把人生编码为数字。

人生百年，如斯这般，如斯那般，如魔方一般。

人生，生死，不在其如何，而在如何去看。

"她长寿也因为我倾听 / 她又活了 20 多年 / 那年我 10 岁"，邹进如斯看。

是说《偶尔想到民国》一诗。数字、魔方、生死。

10 座位

洒扫即形上　程子曰

找错了座位
是一个偶然事件
发生这种情况
有多大的概率
她有点尴尬
还是坐在我的旁座
因为我安静，整洁，没有体味儿
端着一本诗集在看

如同爱情也是
在车厢里找自己的座位
错也许就对了
一直坐到终点

只要中途没有人驱赶
这座位就是你的
错误的选择
并不等于错误

说到追求爱
哪知道会爱上谁
撒下的爱钩
会被哪条鱼咬住
脸蛋、声音、荷尔蒙
还有其他一些鸡零狗碎的东西
让一些人急迫地
走进变幻莫测的世界

诸如七年之痒
还是与子偕老这些话题
那都是上帝和魔鬼的家务事
用不着你操心
从此，我变成了她
一变成二，不是合二为一

只要眼前出现影像
永远是两幅图景

世界看上去理性
也是在偶然中诞生
夕阳西下
隐入远处的山峦
相对于它们的远处
是高低错落的一对情侣
相互依偎着
静观这一切

偶然的形上

一

由《座位》一诗，想到弗吉尼亚·伍尔夫《墙上的斑点》。

都是"意识流"，但一个是"作"出来的，并由是影响了一个时代，一个却是"遇"上的，只是一首诗。

伍尔夫是"写"意识流，邹进则只是"生"出了意识流，并按照自己心动必诗的习惯，把它写了下来。

"意识流"，其实不过心理联想的自由"链接"。

因为是一个"她"，所以联想到爱情、七年之痒、与子偕老。

因为是找错了座位，所以链接到对错及选择。

因为是一个偶然事件，所以意识流到普世的偶然。

由是生发了一些哲理，关于爱情、人生和世界。

最初却不过因为，"找错了座位"。

二

不是诗人自己，而是某一个"她"，找错了座位。

找错了座位
是一个偶然事件
发生这种情况
有多大的概率
她有点尴尬
还是坐在我的旁座
因为我安静，整洁，没有体味儿
端着一本诗集在看

诗的第一节，像是一段"叙事诗"，且夹叙夹议，议在叙前。

火车上的偶然。

想起索尔·贝娄《未来的爸爸》，那是在二十世纪七十年代末，协助冯亦代先生办《现代外国文学译丛》时，处理过的一个短篇。

也是意识流，但意识流手法到索尔·贝娄手里已发生很大变化，被揉化在似乎很常规的叙事中，不再有任何手法的痕迹。

是说一个男子，在地铁中望见对面座上另一个男人的脸，突然想到，假如我将来的孩子，也有这么一张呆滞、疲惫的脸，也会这样匆匆忙忙而碌碌无为，在地铁上下奔忙，等等。

典型美国中产阶级思维。

贝娄却只是客观地写这思维，味道只在讲述中，让人们自己去体况。因为贝娄属于现代派之后携着现代派的所有遗产返回传统的那类作家。

邹进则没有"反映""呈现"的观念。他只是因一偶然事件的触动而"偶然"开了。所以一定要先议后叙，先以偶然/概率"点题"，再叙明事件，再一层层"偶然"开。

三

如同爱情也是
在车厢里找自己的座位
错也许就对了
一直坐到终点
只要中途没有人驱赶
这座位就是你的
错误的选择
并不等于错误

先写爱情，由座位、选择、对错写爱情的"偶
然"。

说到追求爱
哪知道会爱上谁
撒下的爱钩
会被哪条鱼咬住
脸蛋、声音、荷尔蒙

还有其他一些鸡零狗碎的东西
让一些人急迫地
走进变幻莫测的世界

再"退回"去，写追求爱的"偶然"。

诸如七年之痒
还是与子偕老这些话题
那都是上帝和魔鬼的家务事
用不着你操心
从此，我变成了她
一变成二，不是合二为一
只要眼前出现影像
永远是两幅图景

然后"推进"，写得到爱之后的"必然"。
——追求爱、找到爱、得到爱，偶然、偶然、
必然。一部完整的爱情"三部曲"，从偶然偶然
到必然。
年轻人或许会从中得到些启迪或产生共鸣发

现警句，但诗人的着眼还不在此，他的思绪升腾
上去，又静静地落下来。

四

世界看上去理性

也是在偶然中诞生

夕阳西下

隐入远处的山峦

相对于它们的远处

是高低错落的一对情侣

相互依偎着

静观这一切

从结构上讲，这最后一节，又"回旋"到第
一节的先议论后叙事。但论和论不同，叙和叙也
别异，更重要在，论和叙的关系，发生了本质的
变化。

议题依旧是"偶然"，但前面是就"事"论，
就"对错"和"概率"论，现在是就"理"论，
对"世界"和"理性"论。

所叙也不再是真实发生过的，而是诗人想象中所象征的。先所叙，只是所论的"出处"；后所叙，则是所论的"表征"。

五

"世界看上去理性／也是在偶然中诞生"。面对"世界""理性"与"偶然"这样一个绝大的"存在主义"性质的问题，诗人手中的拂尘轻轻一挥，幻化出一幅山水风景，静静地接近"定格"的画面：夕阳，山峦，情侣，静观。

画面中高低错落的一对情侣，相互依偎着，静观着眼前的落日、远山。我们则静观这画面，带着对"世界""理性""偶然"的思索与感悟。

诉诸意识的玄思，化作感性的觉观。

形上落入形中。

无论"世界""理性""偶然"若何如何，我但静观。

也关乎"存在"，却非"存在主义"的"存在"。

不在"在"如何，而在如何"观"在。

观世界、理性、偶然，若观夕阳、远山、情侣。

六

这最后一节，几乎可以独立成诗，而且几乎可以"混迹"于任何一位大诗人的诗集。

但形上即在形中，这种蕴藉，却是任何西方诗人不可能具有的。

是说《座位》一诗，偶然与形上与形中。

第五章

11 酱猪脚的烹制过程

诗何为诗　食谱如何改制为诗

洗净蹄脚

（沧浪之水浊，可以濯我足）

放水放葱姜

（三片生姜一片葱，不怕感冒伤风）

烧开后放入蹄脚

开盖煮两分钟

捞出用冷水降温、沥干

锅中放一汤匙色拉油

一汤匙冰糖碎

（味甘性平，可以煎汤内服）

小火煮到冰糖融化颜色变深

（糖色最难是火候）

倒入焯好的蹄脚

不断翻炒至沾满糖色（shǎi）

倒入两汤匙生抽，半汤匙老抽

炒至蹄脚全部上色（shǎi）

（红肿之处，艳若桃花）

倒入一汤匙黄酒和姜片炒匀

把一颗八角、十粒花椒装入茶包袋

和葱同时放入锅中

加足量水没过蹄脚

水开转小火加盖焖两个小时

（早有古训：大火粥，小火肉）

开盖转大火收浓汁

（小火焖煮大火收）

出锅前淋少许香油炒匀即可

（说得简单，还要靠天分）

放到嘴里一嘬，骨头就下来了

（溃烂之时，美如乳酪）

刚好在群里看到陈忠实去世的消息

—并想到《白鹿原》的创作过程……

大尺度的言说

一

什么是诗，诗何为诗。

大尺度的言说。

不是像沙盘演兵，而是像巨人在地上行走。一步过黄河，两步过长江，三步过大洋。

不是写大事，而是大着写。

二

大事写小而为大，如将一部历史，写进四句诗。

小事写大而为大，如酱猪脚的烹制过程入诗。

绝大的玄思化入一幅画面或一个象征，亦为大。如《座位》和里尔克的《豹》。

三

你如果有记笔记或札记习惯的话，不妨试试看。

数十或数百句的白话，换作诗体，哪怕打油诗，也可数句概括，反见其"大"。

四

因为诗是"跳"着走而不是"走"着走的。所"跳"都在能说所说的"节点"上，所以为"大"。

大的时候，就把它"跳"小。如那四句诗。

小的时候，就把它"跳"大。如这首诗：《酱猪脚的烹制过程》。

五

诗要"跳"，首先需诗人"能跳"，即把普通语言化作诗的语言。最常规的做法是韵律、节奏、意象、象征、分行等，非常规的做法则是建立"语境"，不是让语言而是让"语境"即语言"有意味的组合"说话。

四句诗的力量，在于它是从吃货的歌颂中出。

《座位》一诗最后一节的力量，在前几节的铺垫，更在本身即有一个转玄思入画面的强大而自足的"语境"（或说结构）。所以它能独立成诗，那四句诗则不能。

——用了"结构"一词，但千万别误会。使 1+1>2 的有高附加值的组合方为"结构"。使所用语言远大于它的字面意义的语言组合方为"语境"。

（其实用这两个词都不准确，但也没有别的词可用。）

（又：小说结构远比诗复杂，但诗若"结构"，当量或胜小说。因为小说结构与"大尺度"无关。小说中只有卡夫卡是"大尺度"的，却又与"结构"无关。）

《酱猪脚的烹制过程》这首诗的"语境"，在那种类似数来宝的语调里，更在括号中的"旁白"。

六

洗净蹄脚

（沧浪之水浊，可以濯我足）

放水放葱姜

（三片生姜一片葱，不怕感冒伤风）

一个要素，是不可能成结构的，两个要素以上，则可能。要素太相近，缺张力，也不能。

该诗起首的这四行，"结构"在有无括号之间，一若"唱"，一若"白"，更在两括号所"白"一雅一俗的足够张力。是"所说"虽一大俗事，"能说"却风雅尽出。"菜谱"方能为"诗"。

这就是所谓"语境"或"结构"的力量。拆开不过砖瓦，搭起便可为舍为厦。

（这样简单的"结构"，却能获得如斯的力量，也只有诗能做到。）

七

这首诗，一共只有两节。前一节相当长，后一节很短。有些像马三立的单口相声，前面慢慢说慢慢说，不见多大的哏，但始终能吊住你，最后一抖"包袱"。

当然也只是"有些像"而已，性质完全不同的。

前面所以长，因为"过程"本身，一步都不能少，才见"把玩"的情趣。后面所以短，因为"过程"结束，不可能长，至"美如乳酪"也就无可再说了。

学问在最后两行的陈忠实和《白鹿原》，及其补语"在群里"和"一并想到"。

若无这两行，前面也很有趣，也能成诗，但有限。

有这两行，则俨然大气了。

这当然属"结构"，如何"结构"的，却很难究底。

首先，从所写事上讲，都是真实或可能真实的。

刚好在烹制结束，拈一块放到嘴里品尝时，手机滴了一声，看到群里消息并发生联想，这都十分自然。

却一下子从饮食"切"到文化。

"《白鹿原》的创作过程……"，后面更是很长的省略号，很多的文化。

这就是诗人的视界／世界。

"比兴""蒙太奇",是,又都不是。

"转移""并置",两个"平台",两个"视域"。北京人说的"托儿"。

但无论如何,都属结构／语境,所谓1+1>2,且唯诗所能。

是说《酱猪脚的烹制过程》一诗,大尺度、语境、结构,诗何为诗。

12 高铁 5 号车厢 17F 座

连邂逅都算不上　就那么一点微妙

中途，我旁边坐下一个女孩
她说你好，一股暖流通过
她翻开笔记本，记背英语单词
我还看那本诗集：《绿树和天空》

一张书签，夹在命运之中
目光在某一页长时间停留
晦涩的诗句好像有了意思
所谓那些意义，总是板着面孔

手机铃响。她开始商务谈判
（看上去，她更像一个大学女生）

谈的是西安的一处房产
跟诗，没有一点关联

进入隧道，我从玻璃上看她的脸
（她也从背后观察我）
我跟她，没有目光交集
相邻而坐，彼此感到惬意，（起码我是如此）

她的车留在北京，像马要吃夜草
明天开回西安，后天直飞丽江
虽然与我无关，她尽量低声
被动的信息还是充塞耳鼓

终于，我转头看她，尝试某种心情
她已合眼微睡，刘海有如垂帘
此时，我的身体被虚空鼓满
窗外，被一只透明的热气球笼罩

车厢，漂浮在铁轨上，顺流而下

城市，都被码头栓在船柱上
最后一次停靠，她起身说再见
车门开启，树和天空迎面而来

心的律动

一

什么是诗，诗何为诗。

心的律动。

人是用语言思维的。当心动时所生语言像音乐那样，有韵律有节奏时，就可能有诗。

所以最早的诗，都是用来吟唱的，后来才逐渐分开。

所以直至现代主义，诗都要用韵。而后现代，则以破韵为韵，本质上亦未离韵。如建筑以不对称为时尚一样。皆因世界多元，有多个重心，不再求"一"故。

二

《高铁5号车厢17F座》。

选择这首诗来谈"律动"，似乎有些勉强，

却未必。

因为它和心的"微动"有关，很小的"心动"。

更因为它没有太多依赖"结构"，更单纯地彰显了诗为"律动"的本色，甚至以"律动"的变化为"结构"。

三

高铁中途，上来一个女孩，坐在你的旁边，大概一站或几站，就下车了。双方没有交谈，却似乎有交流。

某种信息流，非语言的。与荷尔蒙有关，却又是纯净的。

什么事都没发生，又发生了点什么。

四

所以想起《雨蒙蒙的黎明》，巴乌斯托夫斯基的一个短篇。也是关于异性之间比邂逅还要微小只是擦肩而过却有所心动的那种极微细的奇妙感觉。

为这个"题材"或说"主题"，巴乌斯托夫

斯基之前就写过一次，但这篇成功了。（都在巴乌斯托夫斯基两卷集中，但不记得前一篇叫什么了。）

似乎很巧，邹进不也还有一篇《座位》，不也是高铁、邻座、女孩吗。

但不是。事情是，但所写不是。

《座位》是写"开"了，去写意识联想，所以想及贝娄，这一篇却是写"进去"了，写感情的微妙感觉，所以想起巴乌斯托夫斯基两卷集。

五

本质上这是一首"叙事诗"，因为所叙事情是异性之间极小的接触而带来的某种抒情味道，所以实在不能不想到《雨蒙蒙的黎明》。

当然因为时代的差异，诗人的处理或说感觉，要比巴乌斯托夫斯基两卷集"淡定"许多。

六

并非完全没有"结构"，只是"结构"相对简单，没有太大的附加值或说"杠杆效应"。

七

一节写事，一节写联想，一节写她，一节写
自己，再一节写她，再一节写二人，最后写她下车，
"她起身说再见 / 车门开启，树和天空迎面而来"。

一共七节，如是而已。

味道都在讲述中——这一点倒是有些像现代
小说。

当然也在写她和写自己错落微妙的变化中。

八

中途，我旁边坐下一个女孩

她说你好，一股暖流通过

她翻开笔记本，记背英语单词

我还看那本诗集：《绿树和天空》

——诗句非常"安静"，高铁车厢或飞机座
舱才会有的那种安静。

"一股暖流通过"或是双义的。既与"她"
的女字偏旁有关，也与"孩"的子字偏旁有关，

现在的年轻人居然还这么有礼貌。或因这女孩确实漂亮或者时尚等，但诗人并未"交待"。

> 一张书签，夹在命运之中
> 目光在某一页长时间停留
> 晦涩的诗句好像有了意思
> 所谓那些意义，总是板着面孔

——诗人的思绪不知"飞"到哪里去了，或是写的时候才想到这几句。

必须"漾"开来，哪怕有点"朦胧"。

> 手机铃响。她开始商务谈判
> （看上去，她更像一个大学女生）
> 谈的是西安的一处房产
> 跟诗，没有一点关联

——这是诗人在"听"，括号里的则是诗人在"想"。

"更像一个大学女生"，却在谈西安的一处

房产，这"女孩"显然不很一般。"暖流"是有道理的。

> 进入隧道，我从玻璃上看她的脸
> （她也从背后观察我）
> 我跟她，没有目光交集
> 相邻而坐，彼此感到惬意，（起码我是如此）

——"起码我是如此"不必说了。

"她也从背后观察我"，说明诗人的荷尔蒙还在，或者那本诗集起了作用。

> 她的车留在北京，像马要吃夜草
> 明天开回西安，后天直飞丽江
> 虽然与我无关，她尽量低声
> 被动的信息还是充塞耳鼓

——还是在听在想，同时加了一点叙述，还有一点跳出主观视角（增加一点张力）。

终于，我转头看她，尝试某种心情
她已合眼微睡，刘海有如垂帘
此时，我的身体被虚空鼓满
窗外，被一只透明的热气球笼罩

——"终于"，诗人倒也"老实"。终于忍不住，想看一眼"庐山真面目"，却"扑了个空"。"虚空鼓满"显然有些夸张，因为"某种心情"也不过好奇而已。

车厢，漂浮在铁轨上，顺流而下
城市，都被码头拴在船柱上
最后一次停靠，她起身说再见
车门开启，树和天空迎面而来

——这最后一节的前两行，又回到万能叙事的客观视角，却是诗的意象景象。作为"背景"或者"画框"，嵌入最后的那个画面，将一点点实在引入一片空落之中。

九

从结构上讲，第二节应当是有意"结构"的。假如没有这一节，整首诗就会顺着事情的顺序叙事，会显得"单"，缺少张力。

这种"结构"非常简单，却有效。若绘画中的"留白"，书法中的"飞白"。

诗的意味，既在言词所表，更在言词组合的韵律、节奏和音乐感上。类似古典吉他或三弦琴的舒缓吟唱，整首诗"音量"都不大，就像在车厢里说话，不能影响到别人那样。叙事时节律平缓，"关情"时亦不过微起涟漪。因为事本无事，情亦非情，不过"似是"而已。

然后在其中变化，弦琴在舒缓中缓急错落着。

前三节，各节皆一个节律，变化只在各节之间。

第四节的"错落"在两个括号的位置处理。

关于"她"的括号单独成行，关于"我"的括号则附在最后一行之后。由是第二行只一句，第四行则三句。虽然语调与前节并无区别，"节律"却变了。因为"交流"开始了。

却还仅仅是开始，还在似有若无间。所以"节律"虽有变，语调还同前面一样。

第五节又回到第三节接着叙他的"听"，节律和语调也回到第三节。

第六节"终于"，变化就大了。关于"她"的第二行，"她已合眼微睡，刘海有如垂帘"，用了完全古典中式的对偶句。关于"我"的后两行，"此时，我的身体被虚空鼓满／窗外，被一只透明的热气球笼罩"，则十分的西洋现代。"我"动而"她"不动的落差，尽在两大韵律的对比中。

最后第七节的前两行，接着前面第六节后两行的语码（因为此时语言已经语码化了）节律，只是把意象画面更放大，带一点象征味道。由是作为"背景"或者"画框"，嵌入最后的那个画面，将一句轻声的"再见"，送入车厢门外迎面而来的树和天空。

十

节律是每首诗都会有的。

严格地讲，每首诗都应当有它独特、唯一

的节律。

假如每个诗人的每首诗都表达唯有这首诗才能表达的"唯一"的话。

有的诗人，一辈子写了数百上千首诗，都只一个节律。虽然也可能不错。

有的诗人则分"时期"，一个"时期"一种节律。当然也可能不错。

还有的诗人则"根据需要"，写不同的诗用不同的节律，甚至在同一首诗中用不同的节律，以构成节律的组合或说"节律结构"。如这首诗的倒数第二节。

十一

结构，如果不考虑"增值"或"杠杆效应"，也是每首诗都会有的。

古典诗歌，无论中国的"律""绝"，还是西方的"十四行诗"，结构都已被"格式"化，诗人只能在"格式"中伸缩。（当然"格律"之前，还有一个前史。）

现代诗歌的结构余地就太大了，几乎可以"肆意妄为"。虽然有的可作为"技巧"有意用之，如这首诗的第二节，有的则是"内生"的，"可遇不可求"的，如《座位》一诗的最后一节。

是说《高铁 5 号车厢 17F 座》一诗，心动、节律和诗。

第六章

13 欢乐颂

（吉林大学中文系 77 级毕业 35 年班庆）

青春于二十世纪八十年代的那代人

带着甜蜜微睡的预感

从此刻，我们登上归途

想象起落架无数次放下

每次心都咚的一声

降落在那条曾经

是用邪恶名字命名的大街上

跑道上灯光齐亮

而心却暗淡许多

有的人永远在天上飞
永远都在归途中
谁说孤独的旅人
常会在各个城市间穿梭
每一个死去的人
都带走我的一部分
同样，只要剩下最后一个
这整体就不可分割

天神之门一道道打开
每一道都在召唤
这是诗人的故乡
他们总要回到这里
还有许多人步其后尘
至少可以沾上诗人的气息
这座巨大的宫殿
已把地毯铺到足下

铺到每个人所在的城市

甚至铺到天堂和地狱
长春，坐落在我的校园
之于我，如同皇村的回忆
同志街，解放大路
寒冷的街道，如今安在哉？
如果有人在这里独自流泪
那一定就是我们

永恒的冬天！
越是寒冷的地方越温暖
只要再冷一点
人的德行就更加坚固
蒙古源流，大清龙兴之地
哪条河流不是一根血脉
让汉人细弱的血管
变得粗壮起来

一起到南湖去照一照
三十五年前的影像
你年轻得像个美人

收尽男人好色之心
自以为空前绝后的一代
大都也是一事无成
平凡年代造就出的人
虽平庸，都自命不凡

想想这些我们都会哭吧
我从不回忆这一切！
并不等于忘记
并不等于不热爱
这世界不管多冷酷
都需要富有感情的人
不管多世故
都有不忘初心的人

那是最后一年
所有的人都在谈情说爱
好像离开这里之后
再也没有爱情可寻
高贵的女神也如一切神灵

被蛮夷之人紧紧包围
如果不答应为他们生儿育女
就不能离开这里

即使下嫁到人间
也不是一件过于糟糕的事情
他们诞下的儿女
个个都有神性
奇怪的是，他们没有一个
追随父母来到此地
所有欢乐也只能
在壶里自己沸腾

天之骄子
如今都已心平气和
只是隐隐传来的歌声
穿过岁月还依稀可辨
沧浪之水又清又浑
我们都已大智大愚
口中没有抱怨

心里不存是非

同学间买卖肯定做不成
他们既怕赔钱又要讲义气
搞不好反目为仇
这又何必呢?
唯一的快乐之源
切不可用贪婪把它堵塞
所以早就死了这条心
宁可做个酒肉朋友

要让我们帮助他人
这比一切都来得容易
我们结下的君子之交
只用来享受友谊和爱情
据说每一个氏族
都有自己的图腾
对我们来说
只要有诗就已经足够

欢乐之神已经齐聚

要在这里创造一个节日

在这游牧民族的向往之地

远避瘟疫和猜忌

此时，星光遍布穹庐

灵感之手为我们摸顶

众妙之门徐徐开启

我们的幸运不止于此啊！

14 三顽颂

——致老徐、老海和老白

"顽"在尘世与天堂之间

你们仨！为何这般匆匆
行走在尘世与天堂之间
这几个行走着的荷尔蒙
让朋友圈里的女孩尖叫吧
她们很想知道墨镜后面的
那双眼睛在对着谁看
隐藏在胸中的那颗火热心灵
危险中透着致命的魔力

青翠的山谷泉水淙淙
草原肆意铺展它的绿色

无须入夜，这里也是一片静寂
纷繁的花朵在秋日里怒放
上帝就在你们的上方
魔鬼都圈进鄂尔多斯的鬼城
天上的琼浆会让地上的植物成熟
每条小溪都泛着金子的光芒

头顶上翱翔的无人机
与鹰在高高的晴空对视
太阳每天都提前把向阳的山坡烘热
古代的丘民背靠它度过寒夜
你们仨，面朝南
叫出亲爱者的名字
还有大地和光明，三位一体
永恒的爱跟你们从未中断

一个奇特的现象是
幼时的玩伴老来还是玩伴
甚至比自己的老婆

更像是老年的配偶

游山玩水，不是年轻时的梦想吗？

奋斗的目标也不过如此

有钱有闲，隐于市或隐于山林

此乃人生大境界啊！

选择一条治孤的苦旅

棋盘外面的世界不复存在

神游于蓝色的蒙古高原

与内心的纠结相去甚远

你们仨，合成一个武宫正树

足以围起一个大模样

引诱赵治勋孤军深入

你们风乎舞雩，咏而归

懂得了何谓自由之后

才会踏上这神仙之旅

唉！虽然这颗心仍像当年那般跳动

事业和责任却让我屈从

跟着你们的手机定位
我孤独地领略着沿途的风光
这是一条我采访过的路线
西林吉、图强、阿木尔

快乐地面对生活

一

快乐地面对生活。选了邹进两首诗，《欢乐颂》和《三顽颂》。

《欢乐颂》。相当长，实在是过于欢乐，唱不尽的欢乐。

还有比年轻时的欢乐更欢乐的吗。

已经成年又还年轻还无忧无虑，还有比大学时的欢乐更欢乐的吗。

何况是那个空前绝后年代的第一届大学生，刚从荒芜走进欢乐，从荒芜的年轻走进欢乐的年轻。

二

但邹进这首《欢乐颂》，没有多写当年的欢乐。

它呈上的，是一瓶窖藏了 35 年的美酒，是一首关于青春年代结下的友谊的颂歌。

而这 35 年，又是多么独特的 35 年。

一代人，走了两个年代。

三

所以诗中才会相继出现关于"买卖"和"诗"
的这样两节：

同学间买卖肯定做不成

他们既怕赔钱又要讲义气

搞不好反目为仇

这又何必呢？

唯一的快乐之源

切不可用贪婪把它堵塞

所以早就死了这条心

宁可做个酒肉朋友

要让我们帮助他人

这比一切都来得容易

我们结下的君子之交

只用来享受友谊和爱情

据说每一个民族

都有自己的图腾

对我们来说

只要有诗就已经足够

——当年是"诗"的年代，而今则是"买卖"的年代。

关于"买卖"不必说了。

关于"诗"。吉大诗圈作为二十世纪八十年代诗歌现象之一，在高校中文系或是唯一的，但也不至于全班都是诗人吧。

但无论如何，"诗"是那个年代的标识，就像"买卖"是今天的标识一样。

四

"诗——买卖"，而为"诗／买卖"，或可为邹进他们这一代人的"时代标识"。

从诗走向买卖，同时诗还"积淀"（李泽厚先生"划时代的美学大词"）在买卖中。

五

诗的一代。
所以，

自以为空前绝后的一代
大都也是一事无成
平凡年代造就出的人
虽平庸，都自命不凡

所以，

这世界不管多冷酷
都需要富有感情的人
不管多世故
都有不忘初心的人

从诗走向买卖的一代。
所以，

天之骄子

如今都已心平气和

只是隐隐传来的歌声

穿过岁月还依稀可辨

沧浪之水又清又浑

我们都已大智大愚

口中没有抱怨

心里不存是非

所以，

宁可做个酒肉朋友

从诗走向买卖，同时诗还"积淀"在买卖中的一代。

所以，

只要有诗就已经足够

所以，

有的人永远在天上飞
永远都在归途中
谁说孤独的旅人
常会在各个城市间穿梭
每一个死去的人
都带走我的一部分
同样，只要剩下最后一个
这整体就不可分割

六

虽然，

即使下嫁到人间
也不是一件过于糟糕的事情
他们诞下的儿女
个个都有神性
奇怪的是，他们没有一个
追随父母来到此地
所有欢乐也只能

在壶里自己沸腾

因为他们的儿女，已生在了另一个年代。

七

快乐有先天和后天的。先天的快乐像"无畏"，后天的快乐像"勇敢"。

后天的快乐需要理性、理解和智慧（不是智商），才能把当年的同窗诗友，做成后来的酒肉朋友。

快乐地面对生活，并不容易。

是说《欢乐颂》一诗，一代人的快乐和生活。

八

《三顽颂——致老徐、老海和老白》。这三位"老顽"，应当不是邹进在吉大时的同学，而是更早在鄂尔多斯插队时的伙伴。写这首诗的心态，也比写《欢乐颂》那首更年轻，节奏更明快，音调也更明亮。

因为那时更年轻，

因为鄂尔多斯的天地更广阔，

还是因为

幼时的玩伴愈老愈珍爱，

或者

"顽"比"诗"和"买卖"更快乐？

九

诗人在诗中已经明确给出了答案：

一个奇特的现象是

幼时的玩伴老来还是玩伴

甚至比自己的老婆

更像是老年的配偶

游山玩水，不是年轻时的梦想吗？

奋斗的目标也不过如此

有钱有闲，隐于市或隐于山林

此乃人生大境界啊！

十

有钱有闲之后，架着墨镜，驾着无人机（当

然是为了拍摄），

　　行走在尘世与天堂之间蓝色的（而不是绿色的）蒙古高原，

　　这是什么境界？

　　所以诗人的向往之地，

　　或可比作武宫正树

　　一个经典棋局，

　　风乎舞雩，咏而归。

十一

　　诗只是诗，买卖只是买卖，"顽"才是"境界"。

　　快乐到有"境界"，也不易。

　　是说《三顽颂》一诗，生活、快乐和境界。

第七章

15 高昌颂

历史是被读出来的　再走进历史里去

我是飞向

哈喇契丹的聚集地

用鹰眼寻找

古高昌之所在

这失败的族群

逃脱女真人的追杀

从辽远之辽

水草丰美之地迁徙而来

上天重新给他们

打上了戳印

神指一点

圈定他们的家园

上亚细亚的风口

无形的防御之墙

古代的英雄

古儿汗，万汗之汗

在灭亡之际，带领部众

远避灾难

一路留下的亡魂

已经不再呻吟

都已变成了青牛白马的

神圣之灵

而在兴盛之后

他们又开疆拓土

从西夏的边界到花剌子模腹地

北到巴尔喀什湖南到阿姆河

只要有水

这里是一片沃土
上天掉下一滴眼泪
足以滋润千里

他们并不用多少时间来祷告
每一个英雄的功绩
都添枝加叶地
用来创造新神
当最后一个英雄
篡夺了国王的宝座
整个民族都因他的贪婪
遭受上帝之鞭

帕米尔高原上座座小城
哪一座不曾跟风暴对抗
纵横于山脉间的条条河流
河床虽已干涸
当冰川融化
哪一条不是夺路而走
直到它们精疲力尽

被沙漠所吞噬

千年之后
迁徙之路早已埋没在记忆里
只有在祷告中
才能听到遥远的回声
十二重大门全都紧闭
有力的宫帐早已掩息
英雄的光辉
都是在身后闪耀

我将倾注极大的心力
重读他们的历史
以便我也融汇到
他们的血脉中去
我开始偏爱他们
目光充满爱意
因为我的女儿
就要嫁到此地

而且我不确定
我的血统里
是否也有通古斯人的基因
不然我为何钟情于此？
而且我发现我也
鼻梁高居
眼窝内陷
珠色棕黄

我正飞过高昌
如果是一只鹰
我一定会停留一下
而不是一飞而过
趁可爱的太阳还未下山
夜的垂帘还未放下
多看一眼是一眼
直到它藏进黑夜的洞穴而

日月之神
趴在两座山头上

护佑身下众人

随处飘动的经幡

为他们阻挡一切的厄运

此时我的思绪

变得温暖起来好像

所有问题都已解决

所有让人懊悔的事

都允许重新再来一遍

每一个山头都是神的居所

朝向一片广阔的风水

白雪和喀斯特的斑斓

粉饰一座座宫殿

他们无比寂寥地

等着我来与他们宴饮

严肃地面向历史

一

严肃地面向历史，选了邹进《高昌颂》。

二

历史也非都是过去时，

更重要在现在进行时。

过去未来都在现在中。

三

历史有两个，

一个"在"你身上，这是任何人都躲不开的，

一个是你"看"出来的，却不见得每个人都

会去"看"。

四

在选这十六首诗的时候并未想到，写到这里才突然明白，这首诗，实际上是邹进的"历史哲学"的上下篇。

上篇的主题是"征服"，"帝国的征服"，

下篇的主题是"失败"，"失败的族群"。

这对人生、生活，包括诗和买卖的意义，都不消说。这是在读史、写诗，也是在给自己做"心理瑜伽"。

五

这失败的族群

逃脱女真人的追杀

从辽远之辽

水草丰美之地迁徙而来

古儿汗，万汗之汗

在灭亡之际，带领部众

远避灾难

一路留下的亡魂

已经不再呻吟

都已变成了青牛白马的

神圣之灵

——"征服"固然是史诗，"失败"更是史诗。

所以写"高昌"，则名"颂"。

六

当然这些深层意向都只在诗人的潜意识中，

潜意识更多是他的"通古斯"情结：

我将倾注极大的心力

重读他们的历史

以便我也融汇到

他们的血脉中去

而且我不确定

我的血统里

是否也有通古斯人的基因

不然我为何钟情于此？

但只有这"通古斯"情结和关于生命、生存的深层意向的叠加，才会让诗人去歌颂西漠大山上纵横而下的千流万水被沙漠吞噬的"死亡"：

帕米尔高原上座座小城
哪一座不曾跟风暴对抗
纵横于山脉间的条条河流
河床虽已干涸
当冰川融化
哪一条不是夺路而走
直到它们精疲力尽
被沙漠所吞噬

失败甚至死亡都不可怕，
只要你曾"夺路而走"。
——相比"春蚕到死"的名句，
这种基因叫"通古斯"。
是说《高昌颂》一诗，关于失败和死亡。

七

严肃地面向历史，历史是被"读"出来的，只看你怎么"读"。

第八章

16 一个人的正剧

大江东去　浪淘尽　只有"我"人神合一

既不想把丑陋

撕碎给人看

也无意把美好

毁灭给人看

滑稽还是悲壮

请选择一副面孔

民国，是一部正剧

其间无数场战争
无数人头高悬
习惯血流成河

我所经历也是正剧
由无数人的喜剧构成
没有枪炮的战争
在人的内心进行
更加悲壮
更加滑稽可笑
用泯灭人性的方式
发出胜利宣言

那么多噱头和包袱
那么多误会和偶然
在我身上全然没有出现
剧情像历史一样发展
但我有严肃的旨意
像悲剧人物

又有自信和快乐
具有喜剧色彩

只有我二者兼具
人神合一

喜剧地看待悲剧

一

喜剧地看待悲剧，只有一首诗，《一个人的正剧》。

既不想把丑陋

撕碎给人看

也无意把美好

毁灭给人看

滑稽还是悲壮

请选择一副面孔

但我有严肃的旨意

像悲剧人物

又有自信和快乐

具有喜剧色彩

只有我二者兼具
人神合一

二

诗人最后说自己"人神合一"，稍有点"过"，

而我把这一节叫作"喜剧地看待悲剧"，则十分"不及"。

"横看成岭侧成峰"，

悲剧、喜剧、正剧，也要看你怎么看。

三

都是"正剧"。

"民国，是一部正剧"，

却是由"无数场战争／无数人头高悬"构成。

"我所经历也是正剧／由无数人的喜剧构成"，

却是"更加悲壮／更加滑稽可笑"的喜剧。

这是世间的"正剧"。

四

也是"正剧"。

"但我有严肃的旨意 / 象悲剧人物",

"又有自信和快乐 / 具有喜剧色彩"。

却是自己的"正剧"。

中国人的"形上",只在"处理"自己。

自己悲 / 喜剧了,何惧它悲剧喜剧。

是名《一个人的正剧》,悲剧、喜剧、悲 / 喜剧之。

至此,邹进十六首诗说尽,再赘几句,作为束结。

代跋

诗　诗眼　其他

一

最初选这十六首诗时，大抵只凭直觉。差不多写到中间才发现，解读有点像解迷语，迷底是每首诗的"诗眼"，即每首诗的"魂"。

二

《春天颂》的"诗眼"，或说"魂"，在"我们彼此都是上帝"。虽然借此说了不少关于"复调"的话。

《吃货颂》的"魂"，在那四句"史诗"，更在这史诗"生长"在一片戏谑嬉闹的诗句中。

《拔地鼠和我们的生活意见》的"魂"，在不断移位而最后逸出的"结构"。

《厄运颂》的"魂",在诗即生活,生活即诗,诗是战斗的一部分。在歌颂厄运"发生之地"的斗争艺术。

《520（我爱你）》的"魂",在"回旋曲式"的运用,从情感层面"回旋"到存在层面。

《怀念我的一个亲人》,太独特了,在它的唯一性。"她"的唯一性和"我与她"的唯一性。

《大年初一,忧伤日》的"魂",则在面对生死的态度。不是一时的"心态",而是总体的"态度"。由是说到"形而上"。

《今晨,又一只鸟飞走了（悼牛汉）》的"魂",在"所以时常想一想你／如同抚摸一下自己的胸口"的那份真实与坦诚。

《偶尔想到民国》一诗的"魂",在它"魔方"结构的时间意义。存在与时间的时间。

《座位》一诗的"魂",在由"偶然"生发的哲理,关于爱情、人生和世界。

《酱猪脚的烹制过程》一诗的"魂",在它如何能"成诗",由是说到"结构"和"大尺度"。

《高铁5号车厢17F座》一诗的"魂",在心的微动，由是说到"律动"。

《欢乐颂》的"魂"，在"诗—买卖"到"诗/买卖"的年轮意义。

《三顽颂》的"魂"，在"顽"的境界性。

《高昌颂》的"魂"，在"征服"和"失败"。

《一个人的正剧》的"魂"，则在悲/喜地对待无论悲剧、喜剧。

三

"新诗"之于"旧诗"的区别，恐怕正在"自由"二字。

走出"格律"，结构和韵律的"格式"化，

只是一半的"自由"；

找到新的更自由的结构和韵律，及韵律的结构，

才是真"自由"。

邹进这十六首诗，

至少是走在了正确的方向上。

且不说"触/作意"还是"作/意触"，

在"诗"中"填"进什么。

四

邹进的诗，包括这十六首，总体来讲，并没有达到很高的高度，

却是很严格意义上的"诗"，

——如果按照艾略特的标准，"天平"的另一端，是所有大诗人的诗作的话。

五

从吉大诗圈开始，邹进似乎一直在潮流之外，

却不一定是件坏事。

潮流有时候从里面看很大，

从外面看却不一定。

是说邹进十六首诗，及其他。

2019.9.19—10.30